紅樓夢第五十六回

敏探春興利除宿弊　賢寶釵小惠全大體

話說平兒陪著鳳姐吃了飯伏侍盥漱畢方往探春處來只見院中寂靜只有了鬟婆子一個個都站在窗外聽候平兒進入廳中他姐妹姑嫂三人正商議些家務說的便是年內賴大家請吃酒他家花園中事故見他來了探春便命他脚踏上坐了因說道我想的事不爲别的只想着我們一月所用的頭油脂粉又是二兩的事我想偺們一月已有了二兩月銀了頭們又另有月錢可不是有同剛纔學裡的八兩一樣重重叠叠這事雖小錢有限看起來也不妥當你奶奶怎麼就没想到這個呢

平兒笑道這有個原故姑娘們所用的這些東西自然該有分例每月每處買辦買了令女人們交送我們收管不過預備姑娘們使用就罷了没有個我們天天各人拿着錢找人買這些去的所以外頭買辦總領了去按月使女人按房交給我們全于姑娘們每月的這二兩原不是爲買這些的爲的是一時當家的奶奶太太或不在家或不得閑姑娘們偶然要個錢使省得找人去這不過是恐怕姑娘們受委屈意思如今我冷眼看着各屋裡我們的姐妹都是現拿錢買這些東西的竟有了一半子我就疑惑不是買辦脫了空就是買的不是正經貨探春李紈都笑道你也留心看出來了脫空是没有的只是遲些日

子催急了不知那裡弄些來不過是個名兒其實使不得依然還得現買就用二兩銀子另叫別人的奶媽子的弟兄兒子買來方纔使得要使官中的人去依然是那一樣的不知他們是什麼法子平兒便笑道買辦買的是那東西別人買了好的來買辦的也不依他又說他使壞心要奪他的買辦所以他們寧可得罪了裡頭不肯得罪了外頭辦事的人要是姑娘們使了奶媽子們他們也就不敢說閒話了探春道因此我心裡不自在饒費了兩起錢東西又白丟一半不如竟把買辦的這一項每月蠲了為是此是第一件事第二件年裡往賴大家去你也去的你看他那小園子比偺們這個如何平兒笑道還沒有偺們

這一半大樹木花草也少多著呢探春道我因和他們家的女孩兒說閒話兒他說這園子除他們帶的花兒吃的筍菜魚蝦一年還有人包了去年終足有二百兩銀子剩從那日我纔知道一個破荷葉一根枯草根子都是值錢的寶釵笑道真真膏粱紈袴之談你們雖是千金原不知道這些事但只你們也都念過書識過字的竟沒看見過朱夫子有一篇不自棄的文麼探春笑道雖也看過不過是勉人自勵虛比浮詞那裡真是有的寶釵道朱子都行了虛比浮詞了那句句都是有的你纔辦了兩天事就利慾薰心把朱子都看虛浮了你再出去見了那些利弊大事越發連孔子也都看虛了呢探春笑道你這樣一

個通人竟沒看見姬子書當日姬子有云登利祿之場處運籌之界者窮堯舜之詞背孔孟之道寶釵笑道底下一句呢探春笑道如今斷章取意念出底下一句我自巳罵我自巳不成寶釵道天下沒有不可用的東西既可用便値錢難為你是個聰明人這大節目正事竟沒經歷李紈笑道叫人家來了又不說正事你們且對講學問寶釵道學問中便是正事若不拿學問提着便都流入市俗去了三人取笑了一回便仍談正事探春又接說道咱們這個園子只算比他們的多一半加一倍算起來一年就有四百銀子的利息若此時也出脫生發銀子自然小器不是咱們這樣人家的事若派出兩個一定的人來既有

許多値錢的東西任人作踐了也似乎暴殄天物不如在園子裡所有的老媽媽中揀出幾個老成本分能知園圃的派他們收拾料理也不必要他們交租納稅只問他們一年可以孝敬些什麼一則園子有耑定之人修理花木自然一年好似一年了也不用臨時忙亂二則也不致作踐白辜負了東西三則老媽媽們也可借此小補不枉成年家在園中辛苦四則也可省了這些花兒匠山子匠並打掃人等的工費將此有餘以補不足未為不可寶釵正在地下看壁上的字畫聽如此說便點頭笑道善哉三年之內無饑饉矣李紈道好主意果然這麼行太太必喜歡省錢事小園子有人打掃耑司其職又許他去賣錢

使之以權動之以利再無不盡職的了平兒道這件事須得姑娘說出來我們奶奶雖有此心未必好出口此刻姑娘們在園裡住着不能多弄些頑意兒陪襯反叫人去監管修理圖省錢這話斷不好出口寶釵忙走過來摸着他的臉笑道你張開嘴我瞧瞧你的牙齒舌頭是什麼做的從早起来到這會子你說了這些話一套一個樣子也不奉承三姑娘也不說你們奶奶才短想不到三姑娘說一套話出來你就有一套話回奉總是三姑娘想得到的你們奶奶也想到了只是必有個不可辦的原故這會子又是因姑娘們住的園子不好因省錢令人去監督你們想想這話要果真交給人弄錢去的那人自然是一枝花也不許掐一個菓子也不許動了姑娘們分中自然是不敢講究天天和小姑娘們就吵不清他這遠愁近慮不抗不卑他們奶奶就不是和偺們好聽他這一番話也必要自愧的變好了探春笑道我早起一肚子氣聽他來了忽然想起他主子來素日當家使出來的好撒野的人我見了他更生氣了誰知他來了避猫鼠兒是的站了半日怪可憐的接着又說了那些話不說他主子待我好到說不枉姑娘待我們奶奶素日的情意了這一句話不但沒了氣我到愧了又傷起心来我細想我一個女孩兒家自己還鬧得沒人疼沒人顧的我那裡還有好處去待人口內說到這裡不免又流下淚來李紈等見他說得懇

切又想他素日趙姨娘每生誹謗在王夫人跟前亦爲趙姨娘所累也都不免流下淚來都忙勸他趁今日清淨大家商議兩件興利剔弊的事情也不枉太太委托一場又提這沒要緊的事做什麽平兒忙道我已明白了姑娘說誰好竟一派人就完了探春道雖如此說也須得回你奶奶一聲兒我們這裡搜剔小利已經不當皆因你奶奶是個明白人我纔這樣行若是糊塗多歪多妒的我也不肯倒像抓他的乖的是的豈可不商議了行呢平兒笑道這麽着我去告訴一聲兒說着去了半日方回來笑道我說是白走一輪這樣好事奶奶豈有不依的探春聽了便和李紈命人將園中所有婆子的名單要來大家參度

大概定了幾個人又將他們一齊傳來李紈大概告訴給他們衆人聽了無不願意也有說那片竹子單交給我一年工夫明年又是一片除了家裡吃的筍一年還可交些錢糧這一個說那一片稻地交給我一年這些頑的大小雀鳥的糧食不必動官中錢糧我還可以交錢糧探春纔要說話人回大夫來了進園瞧史姑娘去衆婆子只得去領大夫平兒忙說單你們有一百也不成個體統難道沒有兩個管事的頭腦兒帶進大夫來回事的那人說有吳大娘和單大娘他兩個在西南角上聚錦門等着呢平兒聽說方罷了衆婆子去後探春問寶釵如何寶釵笑答道幸於始者怠於終善其辭者嗜其利探春聽了點頭

稱讚便向册上指出幾個來與他三人看平兒忙去取筆硯來他三人說道這一個老祝媽是個妥當的況他老頭子和他兒子代代都是管打掃竹子如今竟把這所有的竹子交與他這一個老田媽本是種庄家的稻香村一帶凡有菜蔬稻稗之類雖是頑意兒不必認真大治大耕也須得他去再細細按時加些植養豈不更好探春又笑道可惜衡蕪苑和怡紅院這兩處大地方竟沒有出息之物李紈忙笑道蘅蕪苑裡更利害如今香料鋪並大市大廟賣的各處香料香草兒都不是這些東西筭起來比別的利息更大怡紅院別說別的单只說春夏兩季的玫瑰花共下多少花朵兒還有一帶籬笆上的薔薇月季寶

相金銀花藤花這幾色草花乾了賣到茶葉舖藥舖去也值好些錢探春笑著點頭兒又道只是弄香草沒有在行的人平兒忙笑道跟寶姑娘的鶯兒他媽就是會弄這個的上回他還採了些晒乾了編成花籃葫蘆給我頑呢姑娘倒忘了麽寶釵笑道我纔讚你你倒來捉弄我了三人都詫異問道這是爲何寶釵道斷斷使不得你們這裡多少得用的人一個個閒著沒事辦這會子我又弄個人來叫那起人連我也看小了我倒替你們想出一個人來怡紅院有個老葉媽他就是焙茗的娘那是個誠實老人家他又合我們鶯兒媽極好不如把這事交與葉媽他自不知的不必咱們說給他就找鶯兒的娘去商量了那

怕葉媽全不管竟交與那一個這是他們私情兒有人說閒話也就怨不到偺們身上如此一行你們辦的又公道於事又妥當李紈平兒都道狠是探春笑道雖如此只怕他們見利忘義呢平兒笑道不相干前日鶯兒還認了葉媽做乾娘請吃飯吃酒兩家和厚的狠呢探春聽了方罷了又共斟酌出幾個人來俱是他四人素昔冷眼取中的用筆圈出一時婆子們來回大夫已去將藥方送上去三人看了一面遣人送出外邊去取藥監派調服一面探春與李紈明示諸人某人管某處按四季除家中定例用多少外餘者任憑你們採取去取利年終筭賬探春笑道我又想起一件事若年終筭賬歸錢時自然歸到賬房

仍是上頭又添一層管主還在他們手心裡又剝一層皮這如今我們興出這件事派了你們已是踰過他們的頭去了心裡有氣只說不出來你們年終去歸賬他還不捉弄你們等什麼再者這一年間管什麼的主子有一全分他們就得半分這是每常的舊規人所共知的如今這園子是我的新創竟別入他們的手每年歸賬竟歸到裡頭來纔好寶釵笑道依我說裡頭也不用歸賬這個多了那個少了倒多了事不如問他們誰領這一分的他就攬一宗事去不過是園裡的人動用我替你們筭出來了有限的幾宗事不過是頭油胭粉香紙每一位姑娘幾個了頭都是有定例的再者各處笤箒簸箕撣子並大小禽

鳥鹿兎吃的糧食不過這幾樣都是他們包了去不用賬房去領錢你算算就省下多少來平兒笑道這幾宗雖小一年通共算了也省的下四百多銀子寶釵笑道都又來一年四百二年八百兩打租的房子也能多買幾間薄沙地也可以添幾畝了雖然還有敷餘但他們既辛苦了一年也要叫他們剩些粘補自家雖是興利節用為綱然也不可太過要再省上二三百銀子失了大體統也不像所以這麽一行外頭賬房裡一年少出四五百銀子也不覺的狠艱嗇了他們裡頭都也得些小補這些沒營生的媽媽們也寬裕了園子裡花木也可以每年滋長繁盛就是你們也得了可使之物這庶幾不失大體若一味要

省時那裡搜尋不出幾個錢來凡有些餘利的一概入了官中那時裡外怨聲載道豈不失了你們這樣人家的大體如今這園裡十幾個老媽媽們若只給了這個那剩的也必抱怨不公我纔說的他們只供給這箇幾樣也未免太寬裕了一年竟除這個之外他每人不論有餘無餘只叫他拿出若干吊錢來大家湊齊單散與這些園中的媽媽們他們雖不料理這些都日夜也都在園中照料當差之人關門閉戶起早睡晚大雨大雪姑娘們出入擡轎子撑船拉氷床一應粗重活計都是他們的差使一年在園裡辛苦到頭這園內既有出息也是分內該沾帶些的還有一句至小的話越發說破了你們只顧了自己寬

裕不分與他們些他們雖不敢明怨心裡却都不服只用假公濟私的多摘你們幾個菓子多掐幾枝花兒你們有冤還沒處訴呢他們也沾帶些利息你們有照顧不到的他們就替你們照顧了衆婆子聽了這箇議論又去了賬房受轄制又不與鳳姐兒去算賬一年不過多拿出若干吊錢來各各歡喜異常都齊聲說原意强如出去被他們揉搓着還得拿出錢來呢那不得管地的聽了每年終無故得錢更都喜歡起來口內說他們辛苦收拾是該剩些錢粘補的我們怎麽好穩吃三注呢寶釵笑道媽媽們也别推辭了這原是分內應當的你們只要日夜辛苦些别躲懶縱放人吃酒賭錢就是了不然我也不該管這

事你們也知道我姨娘親口囑托我三五回說大奶奶如今又不得閑别的姑娘又小托我照看照看我若不依分明是叫姨娘操心我們太太又多病家務也忙我原是個閑人就是街坊鄰舍也要幫個忙兒何况是姨娘托我講不起衆人嫌我倘或我只顧沽名吊譽的那時酒醉賭輸再生出事來我怎麽見姨娘你們那時後悔也遲了就連你們素昔的老臉也都丟了這些姑娘們這麽一所大花園子都是你們照管着皆因看的你們是三四代的老媽媽最是循規蹈矩原該大家齊心顧些體統你們反縱放别人任意吃酒賭博姨娘聽見了教訓一場猶可倘若被那幾個管家娘子聽見了他們也不用回姨娘竟教

導你們一塲你們這年老的反受了小的教訓雖是他們是管家管的着你們何如自巳存些體面他們如何得來作踐呢所以我如今替你們想出這個額外的進益來也爲的是大家齊心把這園裡週全得謹謹愼愼的使那些有權執事的看見這般嚴肅謹愼且不用他們操心他們心裡豈不敬服也不枉替他們籌畫些進益了你們去細細想想這話衆人都歡喜說姑娘說的很是從此姑娘奶奶只管放心姑娘奶奶這麽疼顧我們我們再要不體上情天地也不容了剛說著只見林之孝家的進來說江南甄府裡家眷昨日到京今日進宮朝賀此刻先遣人來送禮請安說著便將禮單送上去探春接了看道是上

用的粧緞蟒緞十二疋上用雜色緞十二疋上用各色紗十二疋上用宮綢十二疋宮用各色緞紗紬綾二十四疋李紈探春看過說用上等封兒賞他因又命人去回了賈母賈母命人叫李紈探春寶釵等都過來將禮物看了李紈收過一邊吩咐內庫上人說等太太回來看了再收賈母因說這甄家又不與別家相同上等封兒賞男人只怕轉眼又打發女人來請安預備下尺頭一語未了果然人回甄府四個女人來請安賈母聽了忙命人帶進來那四個人都是四十往上年紀穿帶之物皆比主子不大差別請安問好畢賈母便命拿了四個脚踏來他四人謝了坐等着寶釵坐了方都坐下賈母便問多早晚進京的

四人忙起身回說昨兒進的京今兒太太帶了姑娘進宮請安去了所以叫女人們來請安問候姑娘們賈母笑問道這些年沒進京也不想到就來四人也都笑回道正是今年是奉旨進京的賈母問道家眷都來了四人回說老太太和哥兒兩位小姐並別位太太都沒來就只太太帶了三姑娘來了賈母道有人家沒有四人道還沒有呢賈母笑道你們大姑娘和二姑娘這兩家都和我們家甚好四人笑道正是每年姑娘們有信回來說全虧府上照看賈母笑道什麼照看原是世交又是老親原應當的你們二姑娘更好不自尊大所以我們纔走的親密四人笑道這是老太太過謙了賈母又問你這哥兒也跟着

你們老太太四人回說也跟着老太太呢賈母道幾歲了又問上學不曾四人笑說今年十三歲因長的齊整老太太狠疼自幼淘氣異常天天逃學老爺太太也不便十分管教賈母笑道也不成了我們家的了你這哥兒叫什麼名字四人道因老太太當作寶貝一樣他又生的白老太太便叫作寶玉賈母笑向李紈道偏也叫個寶玉李紈等忙欠身笑道古從至今同時隔代重名的狠多四人也笑道起了這小名兒之後我們上下都疑惑不知那位親友家也倒像曾有一個的只是這十來年沒進京來到記不真了賈母笑道那就是我的孫子人來眾媳婦丫頭答應了一聲走近幾步賈母笑道園裡把偺們的寶玉叫

了來給這四個管家娘子瞧瞧比他們的寶玉如何衆媳婦聽了忙去了半刻圍了寶玉進來四人一見忙起身笑道唬了我們一跳要是我們不進府來倘若别處遇見還只當我們的寶玉後赶著也進了京呢一面說一面都上來拉他的手問長問短寶玉也笑問個好賈母笑道比你們的長的如何李紈等笑道四位媽媽纔一說可知是模樣兒相仿了賈母笑道那有這樣巧事大家子孩子們再養的嬌嫩除了臉上有殘疾十分醜的大槩看去都是一樣齊整這也没有什麽怪處四人笑道如今看來模樣是一樣據老太太說淘氣也一樣我們看來這位哥兒性情却比我們的好些賈母忙笑問怎麽四人笑道方纔我們拉哥兒的手說話便知道了若是我們那一位只說我們糊塗慢說拉手他的東西我們略動一動也不依所使喚的人都是女孩子們四人未說完李紈姊妹等禁不住都失聲笑出來賈母也笑道我們這會子也打發人去見了你們寶玉若拉他的手他也自然勉强忍奈着不知你我這樣人家的孩子憑他們有什麽刁鑽古怪的毛病見了外人必是要還出正經禮數來的若他不還正經禮數也斷不容他刁鑽去了就是大人溺愛的也因爲他一則生的得人意兒二則見人禮數竟比大人行出來的還周到使人見了可愛可憐背地裡所以纔縱他一點子若一味他只管没裡没外不給大人爭光憑他生的怎

樣也是該打死的四人聽了都笑道老太太這話正是雖然我們寶玉淘氣古怪有時見了客規矩禮數比大人還有趣所以無人見了不愛只說爲什麼還打他除不知他在家裡無法無天大人想不到的話偏會說想不到的事偏會行所以老爺太太恨的無法就是任性也是小孩子的常情胡亂花費也是公子哥兒的常情怕上學也是小孩子的常情都還治的過來第一天生下來這一種刁鑽古怪的脾氣如何使得一語未了人回太太回來了王夫人進來問過安他四人請了安大槩說了兩句賈母便命歇歇去罷王夫人親捧過茶方退出去四人告辭了賈母便往王夫人處來說了一會子家務打發他們回去

不必細說這裡賈母喜得逢人便告訴也有一個寶玉也都一般行景衆人都想着天下的世宦大家同名的這也很多祖母溺愛孫子也是常事不是什麼罕事皆不介意獨寶玉是個迂濶獃公子的心性自爲是那四人承悅賈母之詞後至園中去看湘雲病去湘雲因說他你放心鬧罷先還單絲不成綫獨樹不成林如今有了個對子了鬧利害了再打急了你好逃到南京找那個去寶玉道那裡的謊話你也信了偏又有個寶玉了湘雲道怎麼列國有個藺相如漢朝又有個司馬相如呢寶玉笑道這也罷了偏又模樣兒也一樣這也是有的事嗎湘雲道怎麼匡人看見孔子只當是陽貨呢寶玉笑道孔子陽貨雖同貌

却不同名蘭與司馬雖同名而又不同貌偏我和他就兩樣俱同不成湘雲沒了話答對因笑道你只會胡攪我也不和你分証有也罷沒也罷與我無干說着便睡下了寶玉心中便又疑惑起來若說必無也似必有若說必有又並無目睹心中悶悶的至房中榻上默默盤筭不覺昏昏睡去竟到一座花園之內寶玉詫異道除了我們大觀園竟又有這一個園子正疑惑間忽然那邊來了幾個女孩兒都是丫鬟寶玉又詫異道除了鴛鴦襲人平兒之外也竟還有這一干人只見那些丫鬟笑道寶玉怎麽跑到這裡來寶玉只當是說他忙來陪笑說道因我偶步到此不知是那位世交的花園姐姐們帶我逛逛衆丫鬟都笑道原來不是偺們家的寶玉他生的也還干淨嘴兒也倒乖覺寶玉聽了忙道姐姐們這裡也竟還有個寶玉丫鬟們忙道寶玉二字我們家是奉老太太太太之命爲保佑他延年消災我們叫他他聽見喜歡你是那裡遠方來的小厮也亂叫起來仔細你的臭肉不打爛了你的又一個丫環笑道偺們快走罷別叫寶玉看見又說同這臭小子說了話把偺們薰臭了說着一逕去了寶玉納悶道從來沒有人如此塗毒我他們如何竟這樣的莫不真也有我這樣一個人不成一面想一面順步早到了一所院內寶玉詫異道除了怡紅院也竟還有這麽一個院落忽上了台堦進入屋内只見榻上有一個人卧着那邊有

幾個女兒做針線或有嬉笑頑耍的只見榻上那個少年嘆了一聲一個丫鬟笑問道寶玉你不睡又嘆什麼想必為你妹妹病了你又胡愁亂恨呢寶玉聽說心下也便吃驚只見榻上少年說道我聽見老太太說長安都中也有個寶玉和我一樣的性情我只不信我纔做了一個夢竟夢中到了都中一個大花園子裡頭遇見幾個姐姐都叫我臭小厮不理我好容易找到他房裡偏他睡覺空有皮囊真性不知往那裡去了寶玉聽說忙說道我因找寶玉來到這裡原來你就是寶玉榻上的忙下來拉住笑道原來你就是寶玉這可不是夢裡了寶玉道這如何是夢真而又真的一語未了只見人來說老爺叫寶玉嚇得

二人皆慌了一個寶玉就走一個便忙叫寶玉快回來寶玉快回來襲人在傍聽他夢中自喚忙推醒他笑問道寶玉在那裡此時寶玉雖醒神意尚自恍惚因向門外指說纔去不遠襲人笑道那是你夢迷了你揉眼細瞧是鏡子裡照的你的影兒寶玉向前瞧了一瞧原是那嵌的大鏡對面相照自己也笑了早有丫鬟捧過漱盂茶滷來漱了口麝月道怪道老太太常囑咐說小人兒屋裡不可多有鏡子人小魂不全有鏡子照多了睡覺驚恐做胡夢如今倒在大鏡子那裡安了一張床有時放下鏡套還好往前去天熱困倦那裡想的到放他比如方纔就忘了自然先躺下照著影兒頑來著一時合上眼自然是胡夢顛

倒的不然如何叫起自已的名字來呢不如明日挪進床來是
正經一語未了只見王夫人遣人來叫寶玉不知有何話說且
聽下回分解

紅樓夢第五十六回終

倒的不然前何以趙自己叫名字次說不如明日揀進來是
正經一語未了只見王夫人遣人來叫寶玉不知有何話說且
聽下回分解

紅樓夢第五十六回終

紅樓夢第五十七回

慧紫鵑情辭試莽玉　慈姨媽愛語慰痴顰

話說寶玉聽王夫人喚他忙至前邊來原來是王夫人要帶他拜甄夫人去寶玉自是歡喜忙去換衣服跟了王夫人到那裡見甄家的形景自與榮寧不甚差別或有一二稍盛的細問果有一寶玉甄夫人留席竟日方回寶玉不信因晚間回家來王夫人又吩咐預備上等的席面定名班大戲請過甄夫人母女後二日他母女便不作辭回任去了無話這日寶玉因見湘雲漸愈然後去看黛玉正值黛玉纔歇午覺寶玉不敢驚動因紫鵑

做針線便上來問他昨日夜裡咳嗽的可

好些紫鵑道好些了寶玉笑道阿彌陀佛寧可好了罷紫鵑笑道你也念起佛來真是新聞寶玉笑道所謂病急亂投醫了一面說一面見他穿着彈墨綾薄綿襖外面只穿着青緞夾背心寶玉便伸手向他身上摸了一摸說道穿這樣單薄還在風口裡坐着時氣又不好你再病了越發難了紫鵑便說道從此偺們只可說話別動手動腳的一年大二年小的叫人看着不尊重打緊的那起混賬行子們背地裡說你你總不留心還自管和小時一般行為如何使得姑娘常常吩咐我們不叫和你說笑你近來瞧他遠着你還恐遠不及呢說着便起身攜了針線進別的房裡去了寶玉見了這般景況心中像澆了一盆冷水

一般只瞅著竹子發了一回獃因祝媽正在那裡劚土種竹掃
竹葉子頓覺一時魂魄失守隨便坐在一塊山石上出神不覺
滴下淚來直獃了一頓飯的工夫千思萬想摠不知如何是可
倘著雪雁從王夫人屋裡取了人參來從此經過忽扭頭看見
桃花樹下石上一人手托着腮頰正出神不是别人却是寶
玉雪雁疑或道怪冷的他一個人在這裡做什麽春天凡有殘
疾的人肯犯病敢是他也犯了獃病了一邊想一邊就走過來
蹲著笑道你在這裡做什麽呢寶玉忽見了雪雁便說道你又
做什麽來找我你難道不是女兒他既防嫌不許你們理我你
又來尋我倘被人看見豈不又生口舌你快家去罷雪雁聽了

只當是他又受了黛玉的委屈只得回至屋裡黛玉未醒將人
參交給紫鵑紫鵑因問他太太做什麽呢雪雁道也睡中覺呢
所以等了這半天姐姐你聽笑話兒我因等太太的工夫和玉
釧兒姐姐坐在下屋裡說話兒誰知趙姨奶奶招手兒叫我我
只當有什麽話說原來他和太太告了假出去給他兄弟伴宿
坐夜明兒送殯去跟他的小丫頭子小吉祥兒沒衣裳要借我
的月白綾子襖兒我想他們一般也有兩件子的往這地方去
恐怕弄壞了自己的捨不得穿故此借别人的穿借我的弄壞
了也是小事只是我想他素日有什麽好處到咱們跟前所以
我說我的衣裳簪環都是姑娘叫紫鵑姐姐收著呢如今先得

去告訴他還得叫姑娘費多少事別悮了你老人家出門不如再轉借罷紫鵑笑道你這個小東西兒倒也巧你不借給他你往我和姑娘身上推叫人怨不着你他這會子就去呀還是等明日一早纔去呢雪雁道這會子就去只怕此時已去了紫鵑點頭雪雁道只怕姑娘還沒醒呢是誰給了寶玉氣受坐在那裡哭呢紫鵑聽了忙問在那裡雪雁道在沁芳亭後頭桃花底下呢紫鵑聽了忙放下針又囑咐雪雁好生聽叫要問我答應我就來說著便出了瀟湘館一逕來尋寶玉走至寶玉跟前含笑說道我不過說了那麼句話為的是大家好你就一氣跑了這風地裡來哭弄出病來還了得寶玉忙笑道誰賭氣了我因

為聽你說的有理我想你們既這樣說自然別人也是這樣說將來漸漸的都不理我了我所以想到這裡自己傷起心來了紫鵑也使挨他坐着寶玉笑道方纔對面說話你還走開這會子怎麼又來挨着我坐紫鵑道你都忘了几日前頭你們姐兒兩個正說話趙姨娘一頭走進來我纔聽見他不在家所以我來問你正是前日你和他纔說了一句燕窩就不說了總沒提起我正想着問你寶玉道也沒什麼要緊不過我想着寶姐姐也是客中既吃燕窩又不可間斷若只管和他要也太托實雖不便和太太要我已經在老太太跟前略露了個風聲只怕老太太和鳳姐姐說了我告訴他的竟沒告訴完如今我聽見一

日給你們一兩燕窩這也就完了紫鵑道原來是你說了這又多謝你費心我們正疑惑老太太怎麽忽然想起來叫人每一日送一兩燕窩來呢這就是了寶玉笑道這要天天吃慣了吃上三二年就好了紫鵑道在這裏吃慣了明年家去那裏有這閑錢吃這個寶玉聽了吃了一驚忙問誰家去紫鵑道妹妹回蘇州去寶玉笑道你又說白話蘇州雖是原籍因沒了姑母無人照看纔接了來的明年回去找誰可見撒謊了紫鵑冷笑道你太看小了人你們賈家獨是大族人口多的除了你家別人只得一父一母房族中眞個再無人了不成我們姑娘來時原是老太太心疼他年小雖有叔伯不如親父母故此接來住幾

年大了該出閣時自然要送還林家的終不成林家女兒在你賈家一世不成林家雖貧到沒飯吃也是世代書香人家斷不肯將他家的人丟給親戚落的恥笑所以早則明年春遲則秋天這裡總不送去林家亦必有人來接的了前日夜裡姑娘和我說了叫他告訴你將從前小時頑的東西有他送你的叫你都打點出來還他他也將你送他的打點在那裡呢寶玉聽了便如頭頂上響了一個焦雷一般紫鵑看他怎麽回答等了半天見他只不作聲纔要再問只見晴雯找來說老太太叫你呢誰知在這裡紫鵑笑道他這裡問姑娘的病症我告訴了他半天他只不信你倒拉他去罷說着自已便走回房去了晴雯見

他獃獃的一頭熱汗滿臉紫脹忙拉他的手一直到怡紅院中
襲人見了這般慌起來了只說時氣所感熱身被風撲了無奈
寶玉發熱事猶小可更覺兩個眼珠兒直直的起來口角邊津
液流出皆不知覺給他個枕頭他便睡下扶他起來他便坐着
倒了茶來他便吃茶衆人見了這樣一時忙亂起來又不敢造
次去回賈母先要差人去請李嬤嬤來一時李嬤嬤來了看了
半天問他幾句話也無回答用手向他脉上摸了摸嘴唇人中
上着力掐了兩下掐得指印如許來深竟也不覺疼李嬤嬤只
說了一聲可了不得了呀的一聲便摟頭放身大哭起來急得
襲人忙拉他說你老人家瞧瞧可怕不怕且告訴我們去回老

太太去你老人家怎麼先哭起来李嬤嬤搥床倒枕說這
可不中用了我白操了一世的心了襲人因他年老多知所以
請他來看如今見他這般一說都信以為實也哭起來了晴雯
便告訴襲人方纔如此這般襲人聽了便忙到瀟湘館來見紫
鵑正伏侍黛玉吃藥也顧不得什麼便走上來問紫鵑道你纔
和我們寶玉說了些什麼話你瞧瞧他去你回老太太去我也
不管了說着便坐在椅上黛玉忽見襲人滿面急怒又有淚痕
舉止大變更不免也着了忙因問怎麼了襲人定了一回哭道
不知紫鵑姑奶奶說了些什麼話那個獃子眼也直了手脚也
冷了話也不說了李媽媽掐着也不疼了已死了大半個了連

媽媽都說不中用了那裡放聲大哭只怕這會子都死了黛玉聽此言李媽媽乃久經老嫗說不中用了可知必不中用哇的一聲將所服之藥一口嘔出抖腸搜肺炙胃扇肝的啞聲大嗽了几陣一時面紅髮亂目腫筋浮喘的抬不起頭來紫鵑忙上來搥背黛玉伏枕喘息了半晌推紫鵑道你不用搥你竟拿繩子來勒死我是正經紫鵑說道我並沒說什麼不過是說了几何頑話他就認真了襲人道你還不知道他那傻子每每頑話認了真黛玉道你說了什麼話趁早兒去解說他只怕就醒過來了紫鵑聽說忙下床同襲人到了怡紅院誰知賈母王夫人等已都在那裡了賈母一見了紫鵑便眼內出火罵道你這小蹄子和他說了什麼紫鵑忙道並沒敢說什麼不過說几句頑話誰知寶玉見了紫鵑方噯呀了一聲哭出來了衆人一見都放下心來賈母便拉住紫鵑只當他得罪了寶玉所以拉紫鵑命你陪罪誰知寶玉一把拉着紫鵑死也不放說要去連我帶了去衆人不解細問起來方知紫鵑說要回蘇州去一句頑話引出來的賈母流淚道我當有什麼要緊大事原來是這句頑話又向紫鵑道你這孩子素日是個伶俐聰敏的你又知道他有個獃根子平白的哄他做什麼薛姨媽勸道寶玉本來心實可巧林姑娘又是從小兒來的他姊妹兩個一處長得這麼大比別的姊妹更不同這會子熱刺刺的說一個去別說他是個

實心的傻孩子便是冷心腸的大人也要傷心這並不是什麼大病老太太和姨太太只管萬安吃一兩劑藥就好了正說着人回林之孝家的賴大家的都來瞧哥兒來了賈母道難爲他們想着叫他們來瞧瞧寶玉聽了一個林字便滿床鬧起來說了不得了林家的人接他們來了快打出去罷賈母聽了也忙說打出去罷又忙安慰說那不是林家的人林家的人都死絕了再沒人來接他你只管放心罷寶玉道憑他是誰除了林妹妹都不許姓林了賈母道沒姓林的來凡姓林的都打出去了一面吩咐衆人已後別叫林之孝家的進園來你們也別說林字兒孩子們你們聽了我這句話罷衆人忙答應又不敢笑一

時寶玉又一眼看見了十錦槅子上陳設的一隻金西洋自行船便指着亂說那不是接他們來的船來了灣在那裡呢賈母忙命拿下來襲人忙拿下來寶玉伸手要襲人遞過去寶玉便掖在被中笑道這可去不成了一面說一面死拉着紫鵑不放一時人回大夫來了賈母忙命快進來王夫人薛姨媽寶釵等暫避入裡間賈母便端坐在寶玉身傍王太醫進來見許多的人忙上去請了賈母的安拿了寶玉的手胗了一回那紫鵑少不得低了頭王太醫也不解何意起身說道世兄這症乃是急痛迷心古人曾云痰迷有別有氣血虧柔飲食不能鎔化痰迷者有怒惱中痰急而迷者有急痛壅塞者此亦痰迷之症係急

病所致不過一時壅蔽較別的似輕些賈母道你只說怕不怕誰和你背藥書呢王太醫忙躬身笑道不妨不妨賈母道果真不妨王太醫道實在不妨都在晚生身上賈母道既這麼著請外頭坐開了方兒吃好了呢我另外預備謝禮叫他親自捧了送去磕頭要耽悞了我打發人去折了太醫院的大堂王太醫只管躬身陪笑說不敢不敢他原聽說另具上等謝禮命寶玉去磕頭故滿口說不敢竟未聽見賈母後來說折太醫院之戲語猶說不敢賈母與衆人反倒笑了一時按方煎藥來服下果覺比先安靜無奈寶玉只不肯放紫鵑只說他去了就是要回蘇州去了賈母王夫人無法只得命紫鵑守著他另將琥珀去侍黛玉黛玉不時遣雪雁來探消息這邊聞寶玉稍安賈母王夫人等方回去了一夜還遣人來問幾次信李奶媽帶宋媽等幾個年老人用心看守紫鵑襲人晴雯等日夜相伴有時寶玉睡去必從夢中驚醒不是哭了說黛玉已去便是說有人來接每一驚時必得紫鵑安慰一番方罷彼時賈母又命將祛邪守靈丹及開竅通神散各樣上方秘製諸藥按方飲服次日又服了王太醫藥漸次好了起來寶玉心下明白因恐紫鵑回去倒故意作出佯狂之態紫鵑自那日也著實後悔如今日夜辛苦並沒有怨意襲人心安神定因向紫鵑笑道都是你鬧的還得你來治也沒見我們這位獃爺聽見風兒就是雨往後怎麼

好暫且按下且說此時湘雲之症已愈天天過來瞧看見寶玉明白了便將他病中狂態形容給他瞧引的寶玉自己伏枕而笑原來他起先那樣竟是不知的如今聽人說還不信無人時紫鵑在側寶玉又拉他的手問道你爲什麽唬我紫鵑道不過是哄你頑罷咧你就認起真來寶玉道你說的有情有理如何是頑話呢紫鵑笑道那些話都是我編的林家真沒了人了總有也是極遠的族中也都不在蘇州住各省流寓不定縱有人來接老太太也必不叫他去寶玉道便老太太放去我也不依紫鵑笑道果真的不依只怕是嘴裏的話你如今也大了連親也定下了過二三年再娶了親你眼睛裏還有誰了寶玉聽了

又驚問誰定了親定了誰紫鵑笑道年裏我就聽見老太太說要定了琴姑娘呢不然那麽疼他寶玉笑道人人只說我傻你比我更傻不過是句頑話他已經許給梅翰林家了果然定下了他我還是這個形景了先是我發誓賭咒砸這勞什子你都沒勸過嚒我疼的剛剛的這幾日纔好了你又來慪我一面說一面咬牙切齒的又說道我只願這會子立刻我死了把心迸出來你們瞧見了然後連皮帶骨一槩都化成一股灰再化成一股烟一陣大風吹的四面八方都登時散了這纔好一面說一面又滾下淚來紫鵑忙上來握他的嘴替他擦眼淚又忙笑解釋道你不用着急這原是我心裏着急纔來試你寶玉聽了

更又咤異問道你又著什麼急紫鵑笑道你知道我並不是林家的人我也和襲人鴛鴦是一夥的偏把我給了林姑娘使偏偏他又和我極好比他蘇州帶來的還好十倍一時一刻我們兩個離不開我如今心裡却愁他倘或要去了我必要跟了他去的我是合家在這裡我若不去辜負了我們素日的情長若去又棄了本家所以我疑惑故說出這謊話來問你誰知你就傻鬧起來寶玉笑道原來是你愁這個所以你是傻子從此後再別愁了我告訴你一句打躉兒的話活著咱們一處活着不活着咱們一處化灰化烟如何紫鵑聽了心下暗暗籌畫忽有人回環爺蘭哥兒問候寶玉道就說難為他們我纔睡了不必進來婆子答應去了紫鵑笑道你也好了該放我回去瞧瞧我們那一個去了寶玉道正是這話我昨夜就要叫你去偏又忘了我已經大好了你就去罷紫鵑聽說方打疊鋪蓋粧奩之類寶玉笑道我看見你文具兒裡頭有兩三面鏡子你把那面小菱花的給我留下罷我擱在枕頭傍邊睡着好照明日出門帶着也輕巧紫鵑聽說只得與他留下先命人將東西送過去然後別了衆人自回瀟湘舘來黛玉今日聞得寶玉如此形景未免又添些病症多哭幾場今見紫鵑來了問其原故已知大愈仍遣琥珀去伏侍賈母夜間人靜後紫鵑已寬衣卧下之時悄向黛玉笑道寶玉的心倒實聽見咱們去就這麼病起來黛玉

不答紫鵑停了半晌自言自語的說道一動不如一靜我們這裡就算好人家別的都容易最難得的是從小兒一處長大脾氣情性都彼此知道的了黛玉啐道你這幾天還不乏趁這會子不歇一歇還嚼什麼蛆紫鵑笑道倒不是白嚼蛆我倒是一片真心爲姑娘替你愁了這幾年了又沒個父母兄弟誰是知疼着熱的趁早兒老太太還明白硬朗的時節作定了大事要緊俗語說老健春寒秋後熱倘或老太太一時有個好歹那時雖也完事只怕躭悞了時光還不得趁心如意呢公子王孫雖多那一個不是三房五妾今兒朝東明兒朝西娶一個天仙來也不過三夜五夜也就撂在脖子後頭了甚至於憐新棄舊反目成仇的多着呢娘家有人有勢的還好要像姑娘這樣的有老太太一日好些一日沒了老太太也只是憑人去欺負罷了所以說拿主意要緊姑娘是個明白人沒聽見俗語說的萬兩黃金容易得知心一個也難求黛玉聽了便說道這丫頭今日可瘋了怎麼去了幾日忽然變了一個人我明日必回老太太退回你去我不敢要你了紫鵑笑道我說的是好話不過叫你心裡留神並沒叫你去爲非作歹何苦回老太太叫我吃了虧又有什麼好處說着竟自已睡了黛玉聽了這話口內雖如此說心內未嘗不傷感待他睡了便直哭了一夜至天明方打了一個盹兒次日勉强盥漱了吃了些燕窩粥便有賈母等親來

看視了又囑咐了許多話目今是薛姨娘的生日自賈母起諸人皆有祝賀之禮黛玉也只得備了兩色針線送去是日也定了一班小戲請賈母與王夫人等獨有寶玉與黛玉二人不曾去至晚散時賈母等順路又瞧了他二人一遍方回房去了次日薛姨媽家又命薛蝌陪諸夥計吃了一天酒連忙了三四天方纔完結因薛姨媽看見邢岫烟生得端雅穩重且家道貧寒是個釵荊裙布的女兒便欲說給薛蟠為妻因薛蟠素昔行止浮奢又恐遭塌了人家女兒正在躊躇之際忽想起薛蝌未娶看他二人恰是一對天生地設的夫妻因謀之於鳳姐兒鳳姐兒笑道姑媽素知我們太太有些左性的這事等我慢謀因賈母去瞧鳳姐兒時鳳姐兒便和賈母說姑媽有一件事要求老祖宗只是不好啟齒賈母忙問何事鳳姐兒便將求親一事說了賈母笑道這有什麼不好啟齒的這是極好的好事等我和你婆婆說沒有不依的因回房來即刻就命人叫了邢夫人過來硬作保山邢夫人想了一想薛家根基不錯且現今大富薛蝌生得又好且賈母又作保山將計就計便應了賈母十分喜歡忙命人請了薛姨媽來二人見了自然有許多謙辭邢夫人即刻命人去告訴邢忠夫婦他夫婦原是此來投靠邢夫人的如何不依早極口的說妙極賈母笑道我最愛管閒事今日又管成了一件事不知得多少謝媒錢薛姨媽笑道這是自然的

摠抬了整萬銀子來只怕不稀罕但只一件老太太既是作媒還得一位主親纔好賈母笑道别的没有我們家折腿爛手的人還有兩個說着便命人去叫過尤氏婆媳二人來賈母告訴他原故彼此忙都道喜賈母吩咐道僧們家的規矩你是盡知的從没有兩親家爭禮爭面的如今你算替我在當中料理不可太省也不可太費把他兩家的事週全了回我尤氏忙答應了薛姨媽喜之不盡回家命寫了請帖補送過寧府尤氏深知邢夫人情性本不欲管無奈賈母親自囑咐只得應了惟忖度邢夫人之意行事薛姨媽是個無可無不可的人倒還易說這且不在話下如今薛姨媽既定了邢岫烟為媳合宅皆知邢夫

人本欲接出岫烟去住賈母因說這又何妨兩個孩子又不能見面就是姨太太和他一個大姑子一個小姑子又何妨况且都是女孩兒正好親近些呢邢夫人方罷那薛蝌岫烟二人前次途中曾有一面知遇大約二人心中皆如意只是那岫烟未免比先時拘泥了些不好和寶釵姐妹共處閒談又兼湘雲是個愛取笑的更覺不好意思幸他是個知書達禮的雖是女兒還不是那種佯羞詐鬼一味輕薄造作之輩寶釵自那日見他起想他家業貧寒二則别人的父母皆是年高有德之人獨他的父母偏是酒糟透了的人於女兒分上平常邢夫人也不過是臉面之情亦非真心疼愛且岫烟為人雅重迎春是個老實

人連他自巳尚未照管齊全如何能管到他身上凡閨閣中家常一應需用之物或有虧乏無人照管他又不和人張口寶釵倒暗中每相體貼接濟也不敢叫邢夫人知道也恐怕是多心閒話之故如今却是衆人意料之外奇緣作成這門親事岫烟心中先取中寶釵有時仍與寶釵閒話寶釵仍以姊妹相呼這日寶釵因來瞧黛玉恰値岫烟也來瞧黛玉二人在半路相遇寶釵含笑喚他到跟前二人同走至一塊石壁後寶釵笑問他這天還冷的狠你怎麽倒全換了裌的了岫烟見問低頭不答寶釵便知道又有了原故因又笑問道必定是這個月的月錢又没得鳳姐姐如今也這樣没心没計了岫烟道他倒想著不錯日子給的因姑媽打發人和我說道一個月用不了二兩銀子叫我省一兩給爹媽送出去要使什麽横竪有二姐姐的東西能着些搭着就使了姐姐想二姐姐是個老實人也不大留心我使他的東西他雖不說什麽他那些丫頭媽媽那一個是省事的那一個是嘴裡不尖的我雖在那屋裡却不敢狠使喚他們過三天五天我倒得拿些錢出來給他們打酒買點心吃纔好因此一月二兩銀子還不彀使如今又去了一兩前日我悄悄的把綿衣服叫人當了幾吊錢盤纏寶釵聽了愁嘆道偏梅家又合家在任上後年纔進來若是在這裡琴兒過去了好再商議你的事離了這裡就完了如今不完了他妹妹的事也

斷不敢先娶親的如今倒是一件難事再遲兩年我又怕你熬
煎出病來等我和媽媽再商議寶釵又指他裙上一個璧玉珮
問道這是誰給你的岫烟道這是三姐姐給的寶釵點頭道他
見人人皆有獨你一個沒有怕人笑話故此送一個這是他聰
明細緻之處岫烟又問姐姐此時那裡去寶釵道我到瀟湘館
去你且回去把那當票子叫丫頭送來我那裡悄悄的取出來
晚上再悄悄的送給你去早晚好穿不然風閃着還了得但不
知當在那裡了岫烟道叫做什麽恒舒是鼓樓西大街的寶釵
笑道這鬧在一家去了夥計們倘或知道了好說人沒過來衣
裳先來了岫烟聽說便知是他家的本錢也不答言紅了臉一
笑走開寶釵也就往瀟湘館來恰正值他母親也來瞧黛玉正
說閒話呢寶釵笑道媽媽多早晚來的我竟不知道薛姨媽道
我這幾日忙總沒來瞧瞧寶玉和他所以今日瞧他兩人都也
好了黛玉忙讓寶釵坐下因向寶釵道天下的事真是人想不
到的拿著姨媽和大舅母說起怎麽又作一門親家薛姨媽道
我的兒你們女孩兒家那裡知道自古道千里姻緣一線牽管
姻緣的有一位月下老兒預先註定暗裡只用一根紅絲把這
兩個人的脚絆住憑你兩家那怕隔着海呢若有姻緣的終久
有機會作成了夫婦這一件事都是出人意料之外憑父母本
人都願意了或是年年在一處已爲是定了的親事若是月下

老人不用紅線拴的再不能到一處比如你姐妹兩個的婚姻此刻也不知在眼前也不知在山南海北呢寶釵道惟有媽媽說動話拉上我們一面說一面伏在母親懷裡笑說咱們走罷黛玉笑道你瞧瞧這麽大了離了姨媽他就是個最老道的見了姨媽他就撒姣兒薛姨媽將手摩弄著寶釵向黛玉歎道你這姐姐就和鳳哥兒在老太太跟前一樣著了正經事就有話和他商量沒有了事幸虧他開我的心我見了他這樣有多少愁不散的黛玉聽說流淚歎道他偏在這裡這樣分明是氣我沒娘的人故意來形容我寶釵笑道媽媽你瞧他這輕狂樣兒倒說我撒姣兒薛姨媽道也怨不得他傷心可憐沒父母到底

沒個親人又摩挲著黛玉笑道好孩子別哭你見我疼你姐姐你傷心不知我心裡更疼你呢你姐姐雖沒父親到底有我有親哥哥這就比你強了我常和你姐姐說心裡狠疼你只是外頭不好帶出來他們這裡人多嘴雜說好話的人少說歹話的人多不說你無依靠為人做人配人疼只說我們看着太太疼你我們也洑上水去了黛玉笑道姨媽既這麼說我明日就認姨媽做娘姨媽若是棄嫌就是假意疼我薛姨媽道你不厭我就認了寶釵忙道認不得的黛玉道怎麼認不得寶釵笑道我且問你我哥哥還沒定親事為什麼反將邢妹妹先說給我兄弟了是什麼道理黛玉道他不在家或是屬相生日不對所以

先說與兄弟了寶釵笑道不是這樣我哥哥已經相準了只等來家纔放定也不必提出人來我說你認不得娘的細想去說着便和他母親擠眼兒發笑黛玉聽了便一頭伏在薛姨媽身上說道姨媽不打他我不依薛姨媽摟着他笑道你別信你姐姐的話他是和你頑呢寶釵笑道真個媽媽明日和老太太求了聘作媳婦豈不比外頭尋的好黛玉便攏上來要抓他口內笑說你越發瘋了薛姨媽忙笑勸用手分開方罷又向寶釵道連邢姑娘我還怕你哥哥遭塌了他所以給你兄弟說這孩子我也斷不肯給他前日老太太要把你妹妹說給寶玉偏生又有了人家不然倒是門子好親事前日我說定了邢姑娘老太太還取笑說我原要說他的人誰知他的人沒到手倒被他說了我們一個去了誰是頑話細想來倒也有些意思我想寶琴雖有了人家我雖無人可給難道一句話也沒說我想你寶兄弟老太太那樣疼他他又生得那樣若要外頭說去老太太斷不中意不如把你林妹妹定給他豈不四角俱全黛玉先還怔怔的聽後來見說到自巳身上便啐了寶釵一口紅了臉拉着寶釵笑道我只打你為什麼招出姨媽這些老沒正經的話來寶釵笑道這可奇了媽媽說你為什麼打我紫鵑忙跑來笑道姨太太既有這主意為什麼不和太太說去薛姨媽笑道這孩子急什麼想必催着姑娘出了閣你也要早些尋一個小女

婿子去了紫鵑飛紅了臉笑道姨太太真個倚老賣老的說着便轉身去了黛玉先罵又與你這蹄子什麼相干後來見了這樣也笑道阿彌陀佛該該該也臊了一鼻子灰去了薛姨媽母女及婆子丫環都笑起來一語未了忽見湘雲走來手裡拿著一張當票口內笑道這是什麼賬篇子黛玉瞧了不認得地下婆子都笑道這可是一件好東西這個乖不是白教的寶釵忙一把接了看時正是岫烟纔說的當票子忙着摺起來薛姨媽忙說那必是那個媽媽的當票子失落了回來急的他們找那裡得的湘雲道什麼是當票子衆婆子笑道真真是位獃姑娘連當票子也不知道薛姨媽嘆道怨不得他真真是侯門千金

而且又小那裡知道這個那裡去看這個就是家下人有這個他如何得見別笑他是獃子若給你們家的姑娘看了也都成了獃子呢衆婆子笑道林姑娘纔也不認得別說姑娘們就如寶玉倒是外頭常走出去的只怕也還沒見過呢薛姨媽忙將原故講明湘雲黛玉二人聽了方笑道這人也太會想錢了姨媽家當鋪也有這個麼衆人笑道這更奇了天下老鴰一般黑豈有兩樣的薛姨媽因又問是那裡拾的湘雲方欲說時寶釵忙說是一張死了沒用的不知是那年勾了賬的香菱拿着哄他們頑的薛姨媽聽了此話是真也就不問了一時人來回那府裡大奶奶過來請姨太太說話呢薛姨媽起身去了這裡屋

內無人時寶釵方問湘雲何處拾的湘雲笑道我見你令弟媳的丫頭篆兒悄悄的遞給鶯兒鶯兒便隨手夾在書裡只當我沒看見我等他們出去了我偷著看竟不認得知道你們都在這裡所以拿來大家認認黛玉忙問怎麼他也當衣裳不成既當了怎麼又給你寶釵見問不好隱瞞他兩個便將方纔之事都告訴了他二人黛玉聽了兎死狐悲物傷其類不免也要感嘆起來了湘雲聽了却動了氣說道等我問着二姐姐去我罵那起老婆子丫頭一頓給你們出氣何如說着便要走出去寶釵忙一把拉住笑道你又發瘋了還不給我坐下呢黛玉笑道你要是個男人出去打一個抱不平兒你又充什麼荊軻聶政

真真好笑湘雲道既不叫問他去明日索性把他接到偺們院裡一處住去豈不是好寶釵笑道明日再商量說着人報三姑娘四姑娘來了三人聽說忙掩了口不提此事要知端詳且聽下回分解

紅樓夢第五十七回終

紅樓夢第五十八回

杏子陰假鳳泣虛凰　茜紗窗真情揆痴理

話說他三人因見探春等進來忙將此話掩住不題探春等問
候過大家說笑了一回方散誰知上回所表的那位老太妃已
薨凡誥命等皆入朝隨班按爵守制勅諭天下凡有爵之家一
年內不得筵宴音樂庶民皆三月不得婚姻賈母婆媳祖孫等
俱每日入朝隨祭至未正已後方回在大偏宮二十一日後方
請靈入先陵地名孝慈縣這陵離都來往得十來日之功如今
請靈至此還要停放數日方入地宮故得一月光景寧府賈珍
夫妻二人也少不得是要去的兩府無人因此大家計議家中

無主便報了尤氏產育將他騰挪出來協理寧榮兩處事件因
托了薛姨媽在園內照管他姊妹丫鬟只得也挪進園來此時
寶釵處有湘雲香菱李紈處目今李嬸母雖去然有時來往三
五日不定賈母又將寶琴送與他去照管迎春處有岫烟探春
因家務冗雜且不時有趙姨娘與賈環嘈聒甚不方便惜春處
房屋狹小因此薛姨媽都難住况賈母又千叮嚀萬囑咐托他
照管黛玉自己素性也最憐愛他今既巧遇這事便挪至瀟湘
館和黛玉同房一應藥餌飲食十分經心黛玉感戴不盡已後
便亦如寶釵之稱呼連寶釵前亦直以姐姐呼之寶琴前直以
妹妹呼之儼似同胞共出較諸人更似親切賈母見如此也十

分喜悅放心薛姨媽只不過照管他姊妹禁約的丫嬛輩一應家中大小事務也不肯多口尤氏雖天天過來也不過應名點卯不肯亂作威福且他家內上下也只剩了他一人料理再者每日還要照管賈母王夫人的下處一應所需飲饌鋪設之物所以也甚操勞當下榮寧兩處主人既如此不暇並兩處執事人等或有跟隨着入朝的或有朝外照理下處事務的又有先踹踏下處的也都各各忙亂因此兩處下人無了正經頭緒出都偷安或乘隙結黨和權暫執事者竊弄威福榮府只留得賴大並幾個管家照管外務這賴大手下常用幾個人已去雖另委人都是些生的只覺不順手且他們無知或賺騙無節或呈

告無據或舉薦無因種種不善在在生事也難備述又見各官宦家凡養優伶男女者一槩蠲免遣發尤氏等便議定待王夫人回家回明也欲遣發十二個女孩子又說這些人原是買的如今雖不學唱儘可留着使喚只令其教習們自去也罷了王夫人因說這學戲的倒比不得使喚的他們也是好人家的女兒因無能賣了做這事粧醜弄鬼的幾年如今有這機會不如給他們幾兩銀子盤費各自去罷當日祖宗手裡都是有這例的咱們如今損陰壞德而且還小器如今雖有幾個老的還在那是他們各有原故不肯回去的所以纔留下使喚大了配了我們家裡小厮們了尤氏道如今我們也去問他十二個有願

意回去的就帶了信兒叫他父母來親自領出去給他們幾兩銀子盤纏方妥倘若不叫上他的親人來只怕有混賬人冒名領出去又轉賣了豈不辜負了這恩典若有不願意回去的就留下王夫人笑道這話妥當尤氏等遣人告訴了鳳姐兒一面說與總理房中每教習給銀八兩令其自便凡梨香院一應物件查清記册收明派人上夜將十二個女孩子叫來當面細問倒有一多半不願意回家的也有說父母雖有他只以賣我們姊妹爲事這一去還被他賣了也有說父母已亡或被伯叔兄弟所賣的也有說無人可投的也有說戀恩不捨的所願去者止四五人王夫人聽了只得留下將去者四五人皆令其乾娘

領回家去单等他親父母來領將不願去者分散在園中使喚賈母便留下文官自使將正旦芳官指給了寶玉小旦蕊官送了寶釵小生藕官指給了黛玉大花面葵官送了湘雲小花面荳官送了寶琴老外艾官指給了探春尤氏便討了老旦茄官去當下各得其所就如那倦鳥出籠每日園中遊戲衆人皆知他們不能針黹不慣使用皆不大責備其中或有一二個知事的愁將來無應時之技亦將本技丟開便學起針黹紡績女工諸務一日正是朝中大祭賈母等五更便去了下處用些點心小食然後入朝早膳已畢方退至下處歇息用過早飯略歇片刻復入朝侍中晚二祭方出至下處歇息用過晚飯方回家可

巧這下處乃是一個大官的家廟是比丘尼焚修房舍極多極爭東西二院榮府便賃了東院北靜王府便賃了西院太妃少妃每日晏息見賈母等在東院彼此同出同入都有照應外面諸事不消細述且說大觀園內因賈母王夫人天天不在家內又送靈去一月方回各丫鬟婆子皆有閒空多在園內遊玩更又將梨香院內伏侍的衆婆子一槩撤回併散在園內聽使更覺園內人多了幾十個因文官等一干人或心性高傲或倚勢凌下或揀衣挑食或口角鋒芒大概不安分守已者多因此衆婆子含怨只是口中不敢與他們分爭如今散了學大家趁了願也有丟開手的也有心地狹窄猶懷舊怨的因將衆人皆分

在各房名下不敢來廝侵可巧這日乃是清明之日賈璉已備下年例祭祀帶領賈環賈琮賈蘭三人去往鐵檻寺祭柩燒紙寧府賈蓉也同族中人各處祭祀前往因寶玉病未大愈故不曾去得飯後發倦襲人因說天氣甚好你且出去逛逛省的撂下粥碗就睡存在心裡寶玉聽說只得拄了一支杖靸著鞋走出院來因近日將園中分與衆婆子料理各司各業皆在忙時也有修竹的也有剔樹的也有栽花的也有種豆的池中間又有駕娘們行着船夾泥的種藕的湘雲香菱寶琴與些丫鬟等都坐在山石上瞧他們取樂寶玉也慢慢行來湘雲見了他來忙笑說快把這船打出去他們是接林妹妹的衆人都笑起來

寶玉紅了臉也笑道人家的病誰是好意的你也形容著取笑兒湘雲笑道病也比人家另一樣原招笑兒反說起人來說着寶玉便也坐下看着衆人忙亂了一回湘雲因說這裡有風石頭上又冷坐坐去罷寶玉也正要去瞧黛玉起身拄拐辭了他們從沁芳橋一帶堤上走來只見柳垂金線桃吐丹霞山石之後一株大杏樹花已全落葉稠陰翠上面已結了豆子大小的許多小杏寶玉因想道能病了幾天竟把杏花辜負了不覺到綠葉成陰子滿枝了因此仰望杏子不捨又想起邢岫烟已擇了夫婿一事雖說男女大事不可不行但未免又少了一個好女兒不過二年便也要綠葉成陰子滿枝了再過幾日這杏樹

子落枝空再幾年岫烟也不免烏髮如銀紅顏似槁因此不免傷心只管對杏嘆息正想嘆時忽有一個雀兒飛來落於枝上亂啼寶玉又發了獃性心下想道這雀兒必定是杏花正開時他曾來過今見無花空有葉故也亂啼這聲韻必是啼哭之聲可恨公冶長不在眼前不能問他但不知明年再發時這個雀兒可還記得飛到這裡來與杏花一會不能正自胡思間忽見一股火光從山石那邊發出將雀兒驚飛寶玉吃了一驚又聽外邊有人喊道藕官你要死怎麼弄些紙錢進來燒我回奶奶們去仔細你的肉寶玉聽了益發疑惑起來忙轉過山石看時只見藕官滿面淚痕蹲在那裡手內還拿著火守着些紙錢灰

作悲寶玉忙問道你給誰燒紙快別在這裡燒你或是爲父母兄弟你告訴我名姓兒外頭去叫小廝們打了包袱寫上名姓去燒藕官見了寶玉只不做一聲寶玉數問不答忽見一個婆子惡狠狠的走來拉藕官口內說道我已經回了奶奶們奶奶們氣的了不得藕官聽了終是孩氣怕去受辱沒臉便不肯去婆子道我說你們別太興頭過餘了如今還比得你們在外頭亂鬧呢這是尺寸地方兒指着寶玉道連我們的爺還守規矩呢你是什麼阿物兒跑了這裡來胡鬧怕也不中用跟我快走罷寶玉忙道他並沒燒紙原是林姑娘叫他燒那爛字紙你沒看真反錯告了他藕官正沒了主意見了寶玉更自添了畏懼

忽聽他反替遮掩心內轉憂成喜也便硬着口說道狠看真是紙錢子麽我燒的是林姑娘寫壞的字紙那婆子便彎腰向紙灰中揀出不曾化盡的遺紙在手內說道你還嘴硬有証又有憑只和你廳上講去說著拉了袖子拽着要走寶玉忙拉藕官又用拄杖隔開那婆子的手說道你只管拿了回去實告訴你我這夜做了個夢夢見杏花神和我要一挂白錢不可叫本房人燒另叫生人替燒我的病就好的快了所以我請了白錢巴巴的煩他來替我燒了我今日纔能起來偏你又看見了這會子又不好了都是你冲了還要告他去藕官你只管見他們去就依着這話說藕官聽了越得主意反拉著要走那婆子忙丟

下紙錢陪笑央告寶玉說道我原不知道若回太太我這人豈不完了寶玉道你也不許再回我便不說婆子道我已經回了原叫我帶他只好說他被林姑娘叫去了寶玉點頭應允婆子自去這裡寶玉細問藕官爲誰燒紙必非父母兄弟定有私自的情理藕官因方纔護庇之情心中感激知他是自己一流人物况再難隱瞞便含淚說道我這事除了你屋裡的芳官合寶姑娘的蕊官並沒第三個人知道今日忽然被你撞見這意思少不得也告訴了你只不許再對一人言講又哭道我也不便和你面說你只回去背人悄悄問芳官就知道了說畢怏怏而去寶玉聽了心下納悶只得踱到瀟湘館瞧黛玉越發瘦得可

憐問起來比往日大好了些黛玉見他也比先大瘦了想起往日之事不免流下淚來些微談了一談便催寶玉去歇息調養寶玉只得回來因惦記着要問芳官原委偏有湘雲香菱來了正和襲人芳官一處說笑不好叫他恐人又盤詰只得奈着一時芳官又跟了他乾娘去洗頭他乾娘偏又先叫他親女兒洗過纔叫芳官洗芳官見了這樣便說他偏心把你女兒的剩水給我洗我一個月的月錢都是你拿著沾我的光不算反倒給我剩東剩西的他乾娘羞惱變成怒便罵他不識抬舉的東西怪不得人人都說戲子沒一個好纏的憑你什麼好的入了這一行都學壞了這一點子小崽子也挑么挑六鹹嘴淡舌咬羣

的騾子是的娘兒兩個吵起來襲人忙打發人去說少亂嚷瞅着老太太不在家一個個連句安靜話也都不說了晴雯因說這是芳官不省事不知狂的什麼也不過是會兩齣戲倒像殺了賊王擒過反叛來的襲人道一個巴掌拍不响老的也太不公些小的也太可惡些寳玉道怨不得芳官自古說物不平則鳴他失親少眷的在這裡沒人照看賺了他的錢又作踐他如何怪得又向襲人說他到底一月多少錢巳後不如你收過來照看他豈不省事些襲人道我要照看他那裡不照看了又要他那幾個錢纔照看他沒的招人家罵去說着便起身到那屋裡取了一瓶花露油雞蛋香皂頭繩之類叫了一個婆子來送給芳官去叫他另要水自巳洗罷別吵了他乾娘越發羞愧便說芳官沒良心只說我剋扣你的錢便向他身上拍了幾下芳官越發哭了寳玉便走出來襲人忙勸做什麼我去說他晴雯忙先過來指他乾娘說道你這麼大年紀太不懂事你不給他好好的洗我們纔給他東西你自巳不臊還有臉打他他要是還在學裡學藝你也敢打他不成那婆子便說一日叫娘終身是母他排揎我我就打得襲人喚麝月道我不會和人拌嘴晴雯性太急你快過去震嚇他兩句麝月聽了忙過來說道你且別嚷我問問你別說我們這一處你看滿園子裡誰在主子屋裡教導過女兒的就是你的親女兒既經分了房有了主子自

有主子打罵再者大些的姑娘姐姐們也可以打得罵得誰許你老子娘又半中間管起閑事來了都這樣管又要叫他們跟着我們學什麼越老越沒了規矩你見前日墜兒的媽來吵你如今也跟着他學你們放心因連日這個病那個病再老太太又不得閑所以我也沒有去回等兩日偺們去痛回一回大家把這威風煞一煞兒纔好呢況且寶玉纔好了些連我們也不敢說話你反打的人狼號鬼哭的上頭出了幾日門你們就無法無天的眼珠子裡就沒了人了再兩天你們就該打我們了他也不要你這乾娘怕糞草埋了他不成寶玉恨的拿拄杖打着門檻子說道這些老婆子都是鐵心石腸是的真是大奇事

不能照看反倒挫磨他們地久天長如何是好晴雯道什麼如何是好都攆出去不要這些中看不中吃的就完了那婆子羞愧難當一言不發只見芳官穿着海棠紅的小綿襖底下綠紬洒花夾褲敞着褲腿一頭烏油油的頭髮披在腦後哭的淚人一般麝月笑道把個鶯鶯小姐弄成纔拷打的紅娘了這會子又不粧扮了還是這麼着晴雯因走過去拉着替他洗淨了髮用手巾擰的乾鬆鬆的挽了一個慵粧髻命他穿了衣裳過這邊來接着內廚房的婆子來問晚飯有了可送不送小丫頭聽了進來問襲人襲人笑道方纔胡吵了一陣也沒留心聽聽幾下鐘了晴雯道這勞什子又不知怎麼了又得去收拾說着拿

過表來瞧了一瞧說道再略等半鍾茶的工夫就是了小丫頭去了麝月笑道提起淘氣來芳官也該打兩下兒昨日是他擺弄了那墜子半日就壞了說話之間便將食具打點現成一時小丫頭子捧了盒子進來站住晴雯麝月揭開看時還是這四樣小菜晴雯笑道已經好了還不給兩樣清淡菜吃這稀飯鹹菜鬧到多早晚一面擺好一面又看那盒中却有一碗火腿鮮笋湯忙端了放在寶玉跟前寶玉便就桌上喝了一口說道好湯衆人都笑道菩薩能幾日沒見葷腥兒就饞的這個樣兒一面說一面端起來輕輕用口吹着因見芳官在側便遞給芳官道你也學些伏侍別一味傻頑傻睡嘴兒輕着些別吹上唾沫星兒芳官依言果吹了幾口甚妥他乾娘也端飯在門外伺候向裡忙跑進來笑道他不老成看打了碗等我吹罷一面說一面就接晴雯忙喊道快出去你等他砸了碗也輪不到你吹你什麼空兒跑到裡槅兒來了一面又罵小丫頭們瞎了眼的他不知道你們也該說給他小丫頭們都說我們攆他不出去說他又不信如今帶累我們受氣這是何苦呢你可信了我們到的地方兒有你到的一半兒那一半兒是你到不去的呢何況又跑到我們到不去的地方兒還不算又去伸手動嘴的了一面說一面推他出去堦下幾個等空盒傢伙的婆子見他出來都笑道嫂子也沒有拿鏡子照一照就進去了羞的那婆子又

恨又氣只得忍耐下去了芳官吹了幾口寶玉笑道你嘗嘗好了没有芳官當是頑話只是笑着看襲人等襲人道你就嘗一口何妨晴雯笑道你瞧我嘗說著便喝一口芳官見如此他便嘗了一口說好了遞給寶玉喝了半碗吃了幾片笋又吃了半碗粥就算了衆人便收出去小丫頭捧沐盆漱盥畢襲人等去吃飯寶玉使個眼色給芳官芳官本來伶俐又學了幾年戲何事不知便粧肚子疼不吃飯了襲人道既不吃在屋裡做伴兒把粥留下你餓了再吃說着去了寶玉將方纔見藕官如何謊言護庇如何藕官叫我問你細細的告訴一遍又問他祭的到底是誰芳官聽了眼圈兒一紅又嘆一口氣道這事說來藕官兒也是胡鬧寶玉忙問如何芳官道他祭的就是死了的葯官兒寶玉道他們兩個也算朋友也是應當的芳官道那裡又是什麼朋友哩那都是傻想頭他是小生葯官是小旦往常時他們扮作兩口兒每日唱戲的時候都粧着那麼親熱一來二去兩個人就粧糊塗了倒像眞的一樣兒後來兩個竟是你疼我我愛你葯官兒一死他就哭的死去活來的到如今不忘所以每節燒紙後來補了蕊官我們見他也是那樣就問他爲什麼得了新的就把舊的忘了他說不是忘了比如人家男人死了女人也有再娶的只是不把死的丢過不提就是有情分了你說他是傻不是呢寶玉聽了這獃話獨合了他的獃性不覺又

喜又悲又稱奇道絕拉着芳官囑咐道既如此說我有一句話囑咐你須得你告訴他已後斷不可燒紙逢時按節只俻一爐香一心虔誠就能感應了我那案上也只設着一個爐我有心事不論日期時常焚香隨便新水新茶就供一盞或有鮮花鮮菓甚至葷腥素菜都可只在敬心不在虛名已後快叫他不可再燒紙了芳官聽了便答應着一時吃過粥有人回說老太太回來了要知端底且看下回分解

紅樓夢第五十八回終

紅樓夢第五十九回

柳葉渚邊嗔鶯咤燕　絳芸軒裡召將飛符

話說寶玉聞聽賈母等回來隨多添了一件衣裳拄了杖前邊來都見過了賈母等因每日辛苦都要早些歇息一宿無話次日五鼓又往朝中去離送靈日不遠鴛鴦琥珀翡翠玻璃四人都忙着打點賈母之物玉釧彩雲彩霞皆打點王夫人之物當面查點與跟隨的管事媳婦們跟隨的一共大小六個丫鬟十個老婆媳婦子男人不算連日收拾馱轎器械鴛鴦和玉釧兒皆不隨去只看屋子一面先幾日預備帳幔鋪陳之物先有四五個媳婦並幾個男子領出來坐了幾輛車遶過去先至下處

鋪陳安插等候臨日賈母帶着賈蓉媳婦坐一乘馱轎王夫人在後亦坐一乘馱轎賈珍騎馬率領眾家丁圍護又有幾輛大車與婆子丫鬟等坐並放些隨換的衣包等件是日薛姨媽尤氏率領諸人直送至大門外方回賈璉恐路上不便一面打發他父母起身赶上了賈母王夫人馱轎自己也隨後帶領家丁押後跟來榮府內賴大添派人丁上夜將兩處廳院都關了一應出入人等皆走西邊小角門日落時便命關了儀門不放人出入園中前後東西角門亦皆關鎖只留王夫人大房之後常係他姐妹出入之門東邊通薛姨媽的角門這兩門因在裡院不必關鎖裡面鴛鴦和玉釧兒也將上房關了自領了丫鬟婆子

下房去歇每日林之孝家的帶領十來個老婆子上夜穿堂內又添了許多小厮打更已安插得十分妥當一日清曉寶釵春困已醒搴帷下榻微覺輕寒及啟戶視之見苑中土潤苔青原來五更時落了幾點微雨於是喚起湘雲等人來一面梳洗湘雲因說兩腮作癢恐又犯了桃花癬因問寶釵要些薔薇硝擦寶釵道前日剩的都給了琴妹妹了因說顰兒配了許多我正要要他些來因今年竟沒發癢就忘了因命鶯兒去取些來鶯兒應了纔去時蕊官便說我和你去順便瞧瞧藕官說著徑同鶯兒出了蘅蕪院二人你言我語一面行走一面說笑不覺到了柳葉渚順着柳堤走來因見葉纔點碧絲若垂金鶯兒便笑道你會拿這柳條子編東西不會蕊官笑道編什麼東西鶯兒道什麼編不得頑的使的都可等我摘些下來帶著這葉子編一個花籃掐了各色花兒放在裡頭纔是好頑呢說著且不去取硝只伸手採了許多嫩條命蕊官拿著他却一行走一行編花籃隨路見花便採一二枝編出一個玲瓏過梁的籃子枝上自有本來翠葉滿佈將花放上却也別致有趣喜得蕊官笑說好姐姐給了我罷鶯兒道這一個送咱們林姑娘回來咱們再多採些編幾個大家頑說着來至瀟湘館中黛玉也正晨粧見了這籃子便笑說這個新鮮花籃是誰編的鶯兒說我編的送給姑娘頑的黛玉接了笑道怪道人人讚你的手巧這頑意兒

却也別致一面瞧了一面便叫紫鵑掛在那裡鶯兒又問候薛姨媽方和黛玉要硝黛玉忙命紫鵑去包了一包遞給鶯兒黛玉又說道我好了今日要出去逛逛你回去說給姐姐不用過來問候媽媽也不敢勞他過來我梳了頭和媽媽都往那裡去吃飯大家熱鬧些鶯兒答應了出來便到紫鵑房中找蕊官只見蕊官却與藕官二人正說得高興不能相捨鶯兒便笑說姑娘也去呢藕官先同去等着不好嗎紫鵑聽見如此說便也說道這話倒很是他這裡淘氣的可厭一面說一面便將黛玉的匙箸用了一塊洋巾包了交給藕官道你先帶了這個去也算一趟差了藕官接了笑嘻嘻同他二人出來一徑順着柳堤走

來鶯兒便又採些柳條索性坐在山石上編起來又命蕊官先送了硝去再來他二人只顧愛看他編那裡捨得去鶯兒只管催說你們再不去我就不編了藕官便說同你去了再快回來二人方去了這裡鶯兒正編只見何媽的女兒春燕走來笑問姐姐編什麼呢正說着蕊官藕官也到了春燕便向藕官道前日你到底燒了什麼紙叫我姨媽看見了要告你沒告成倒被寶玉賴了他好些不是氣得他一五一十告訴我媽你們在外頭二三年了積了些什麼仇恨如今還不解開藕官冷笑道有什麼仇恨他們不知足反怨我們在外頭這兩年不知賺了我們多少東西你說說可有的沒的春燕也笑道他是我的姨媽

也不好向着外人反說他的怨不得寶玉說女孩兒未出嫁是顆無價寶珠出了嫁不知怎麽就變出許多不好的毛病兒來再老了更不是珠子竟是魚眼睛了分明一個人怎麽變出三様來這話雖是混賬話想起來真不錯別人不知道只說我媽和姨媽他老姐兒兩個如今越老了越把錢看的真了先是老姐兒兩個在家抱怨沒個差使進益幸虧有了這園子把我挑進來可巧把我分到怡紅院家裡省了我一個人的費用不筭外每月還有四五百錢的餘剩這也還說不彀後來老姐兒兩箇都派到梨香院去照着他們藕官認了我姨媽芳官認了我媽這幾年着實寛綽了如今挪進來也算撂開手了還只無厭

你說可笑不可笑接着我媽和芳官又吵了一塲又要給寶玉吹湯討箇沒趣兒幸虧園裡的人多沒人記的清楚誰是誰的親故要有人記得我們一家子叫人家看着什麽意思呢你這會子又跑了來弄這箇這一帶地方上的東西都是我姑媽管著他一得了這地每日起早睡晚自巳辛苦了還不筭每日逼着我們來照看生怕有人遭塌我又怕悮了我的差使如今我們進來了老姑嫂兩箇照看得謹謹愼愼一根草也不許人亂動你還掐這些好花兒又折他嫩樹枝子他們即刻就來你看他們抱怨鶯兒道別人折掐使不得獨我使得自從分了地基之後各房裡每日皆有分例的不用算单筭花草頑意兒誰

晉什麼每日誰就把各房裡姑娘丫頭帶的必要各色送些折枝去另有插瓶的惟有我們姑娘說了一槩不用送等要什麽再和你要究竟總沒要過一次我今便掐些他們也不好意思說的一言未了他姑媽果然拄了拐杖走來鶯兒春燕等忙讓坐那婆子見採了許多嫩柳又見藕官等採了許多鮮花心裡便不受用看着鶯兒編弄又不好說什麽便說春燕道我叫你來照看照看你就貪着頑不去了倘或叫起你來你又說我使你了拿我作隱身草兒你來樂春燕道你老人家又使我又怕道會子反說我難道把我劈八瓣子不成鶯兒笑道姑媽你別信小燕兒的話這都是他摘下來煩我給他編我攆他他不去

春燕笑道你可少頑兒你只顧頑他老人家就認真的那婆子本是愚夯之輩兼之年邁昏眊惟利是命一槩情面不管正心疼肝斷無計可施聽鶯兒如此說便倚老賣老拿起拄杖向春燕身上擊了幾下罵道小蹄子我說着你你還和我强嘴兒呢你媽恨的牙癢癢要撕你的肉吃呢你還和我梆子是的打鬥春燕又愧又急因哭道鶯兒姐姐頑話你就認真打我我媽爲什麽恨我又沒燒煳了洗臉水有什麽不是鶯兒本是頑話忽見婆子認真動了氣忙上前拉住笑道我纔是頑話你老人家打他這不是臊我了嗎那婆子道姑娘你別管我們的事難道爲姑娘這裡不許我們管孩子不成鶯兒聽這般蠢話便賭氣

紅了臉撒了手冷笑道你要管那一刻管不得偏我說了一句頑話就管他了我看你管去說着便坐下仍編柳籃子偏又春燕的娘出來找他喊道你不來舀水在那裡做什麽那婆子便接聲兒道你來瞧瞧你女孩兒連我也不服了在這裡排揎我呢那婆子一面走過來說姑奶奶又怎麽了我們丫頭眼裡沒娘罷了連姑媽也沒了不成鶯兒見他娘來了只得又說原故他姑娘那裡容人說話便將石上的花柳與他娘瞧道你瞧瞧你女孩兒這麽大孩子頑的他領着人遭塌我我怎麽說人他娘也正為芳官之氣未平又恨春燕不遂他的心便走上來打了個耳刮子罵道小娼婦你能上了幾年臺盤你也跟着那起

輕薄浪小婦學怎麽就管不得你們了乾的我管不得你是我自己生出來的難道也不致管你不成既是你們這起蹄子到得去的地方我到不去你就死在那裡伺候又跑出來浪漢子一面又抓起那柳條子來直送到他臉上問道這叫做什麽這編的是你娘的什麽鶯兒忙道那是我編的你別指桑罵槐的那婆子深妒襲人晴雯一干人早知道凡房中大些的丫鬟都比他們有些體統權勢凡見了這一干人心中又畏又讓未免又氣又恨亦且遷怒于衆復又看見了藕官又是他姐姐的冤家四處湊成一股怨氣那春燕啼哭着往怡紅院去了他娘又恐問他為何哭怕他又說出來又要受晴雯等的氣不免趕着

來喊道你同來我告訴你再去春燕那裡肯出來急的他娘跑了去要拉他春燕回頭看見便也往前飛跑他娘只顧赶他不防脚下被青苔滑倒招的鶯兒三個人反都笑了鶯兒賭氣將花柳皆擲於河中自回房去這裡把個婆子心疼的只念佛又罵促俠小蹄子遭塌了花兒雷也是要劈的自已且掐花與各房送去却說春燕一直跑進院中頂頭遇見襲人往黛玉處問安去春燕便一把抱住襲人說姑娘救我我媽又打我呢襲人見他娘來了不免生氣便說道三日兩頭兒打了乾的打親的還是賣弄你女孩兒多還是認眞不知王法這婆子來了幾日見襲人不言不語是好性兒的便說道姑娘你不知道別管我們的閑事都是你們縱的還管什麼說着便又赶着打襲人氣的轉身進來見麝月正在海棠下晾手巾聽如此喊鬧便說姐姐別管看他怎麼着一面使眼色給春燕春燕會意直奔了寳玉去衆人都笑說這可是從來沒有的事今兒都鬧出來了麝月向婆子道你再略煞一煞氣兒難道這些人的臉面和你討一個情還討不出來不成那婆子見他女兒奔到寳玉身邊去又見寳玉拉了春燕的手說你別怕有我呢春燕一行哭一行將方纔鶯兒等事都說出來寳玉越發急起來說你只在這裡鬧倒罷了怎麼把你媽也都得罪起來麝月又向婆子及衆人道怨不得這嫂子說我們管不着他們的事我們原無知錯管

了如今請出一個管得着的人來管一管嫂子就心服口服也知道規矩了便回頭命小丫頭子去把平兒給我叫來平兒不得閑就把林大娘叫了來那小丫頭子應了便走衆媳婦上來笑說嫂子快求姑娘們叫回那孩子來罷平姑娘來了可就不好了那婆子說道憑是那個平姑娘來了也要評個理沒有見個娘管女孩兒大家管着娘的衆人笑道你當是那個平姑娘是二奶奶屋裡的平姑娘啊他有情麼你說兩句他一翻臉嫂子你吃不了兜着走說着只見那個小丫頭回來說平姑娘正有事呢問我做什麼我告訴了他他說叫先攆出他去告訴林大娘在角門子上打四十板子就是了那婆子聽見如此說了嚇

得淚流滿面央告襲人等說好容易我進來了况且我是寡婦家沒有壞心一心在裡頭伏侍姑娘們我這一去不知苦到什麼田地襲人見他如此說又心軟了便說你既要在這裡又不守規矩又不聽話又亂打人那裡弄你這個不曉事的人來天天闘口齒也叫人笑話晴雯道理他呢打發他去了正經那裡那麽大工夫和他對嘴對舌的那婆子又央衆人道我雖錯了姑娘們吩咐了已後改過姑娘們那不是行好積德一面又央告春燕原是爲打你起的饒沒打成你我如今反受了罪好孩子你好歹替我求求寶玉見如此可憐便命留下不許再閙再閙一定打了攆出去那婆子一一謝過下去只見平兒走來

問係何事襲人等忙說已完了不必再提了平兒笑道得饒人處且饒人得將就的就省些事罷但只聽見各屋裡大小人等都作起反来了一處不了又一處叫我不知當那一處是襲人笑道我只說我們這裡反了原來還有幾處平兒笑道這算什麽事這三四日的工夫一共大小出了八九件呢比這裡的還大可氣可笑襲人等聽了咤異不知何事下回分解

紅樓夢第五十九回終

紅樓夢第六十回

茉莉粉替去薔薇硝　玫瑰露引出茯苓霜

話說襲人因問平兒何事這等忙亂平兒笑道都是世人想不到的說來也好笑等過幾日告訴你如今沒頭緒呢且也不得閒兒一語未了只見李紈的丫鬟來了說平姐姐可在這裡奶奶等你你怎麽不去了平兒忙轉身出來口內笑說來了來了襲人等笑道他奶奶病了他又成了香餑餑了都搶不到手平兒去了不提這裡寶玉便叫春燕你跟了你媽去到寶姑娘房裡把鶯兒安伏安伏也不可白得罪了他春燕一面答應了和他媽出去寶玉又隔牕說道不可當着寶姑娘說看叫鶯兒倒

受了教導娘兒兩個應了出來一面走著一面說閒話兒春燕因向他娘道我素日勸你老人家再不信何苦鬧出沒趣來纔罷他娘笑道小蹄子你走罷俗語說不經一事不長一智我如今知道了你又該來支問着我了春燕笑道媽你若好生安分守已在這屋裡長久了自有許多好處我且告訴你句話寶玉常說這屋裡的人無論家裡外頭的一應我們這些人他都要回太太全放出去與本人父母自便呢你只說這一件可好不好他娘聽說喜的忙問這話果眞春燕道誰可撒謊做什麽婆子聽了便念佛不絕當下來至蘅蕪苑中正值寶釵黛玉薛姨媽等吃飯鶯兒自去泡茶春燕便和他媽一逕到鶯兒前陪笑

說方纔言語冒撞姑娘莫嗔莫怪特來陪罪鶯兒也笑了讓他坐又倒茶他娘兒兩個說有事便作辭回來忽見蕊官趕出叫媽媽姐姐略站一站一面走上遞了一箇紙包兒給他們說是薔薇硝帶給芳官去擦臉春燕笑道你們也太小氣了還怕那裡沒這個給他巴巴兒的又弄一包給他去蕊官道他是他的我送的是我送的姐姐千萬帶回去罷春燕只得接了娘兒兩個回來正值賈環賈琮二人來問候寶玉也纔進去春燕便向他娘說只我進去罷你老人家不用去他娘聽了自此百依百隨的不敢倔强了春燕進來寶玉知道回復了便先點頭春燕知意也不再說一語畧站了一站便轉身出來使眼色給芳官芳官出來春燕方悄悄的說給他蕊官之事並給了他硝寶玉並無和琮環可談之語因笑問芳官手裡是什麽芳官便忙遞給寶玉瞧又說是擦春癬的薔薇硝寶玉笑道難爲他想的到賈環聽了便伸着頭瞧了一瞧又聞得一股清香便彎腰向靴筒內掏出一張紙來托着笑道好哥哥給我一半兒寶玉只得要給他芳官心中因是蕊官之贈不肯給別人連忙攔住笑說道別動這個我另拿些來寶玉會意忙笑道且包上拿去芳官接了這個自去收好便從奩中去尋自己常使的啟奩看時盒內已空心中疑惑早起還剩了些如何就沒了因問人時都說不知麝月便說這會子且忙着問這個不過是這屋裡人一時

短了使了你不管拿些什麼給他們那裡看的出來快打發他們去了偺們好吃飯芳官聽說便將些茉莉粉包了一包拿來賈環見了喜的就伸手來接芳官便忙向炕上一擲賈環見了也只得向炕上拾了揣在懷內方作辭而去原來賈政不在家且王夫人等又不在家賈環連日也便粧病逃學如今得了硝興興頭頭來找彩雲正值彩雲和趙姨娘閑談賈環笑嘻嘻向彩雲道我也得了一包好的送你擦臉你常說薔薇硝擦癬比外頭買的銀硝强你看看是這個不是彩雲打開一看嗤的一笑說道你是和誰要來的賈環便將方纔之事說了一遍彩雲笑道這是他們哄你這鄉老兒呢這不是硝這是茉莉粉賈環

看了一看果見比先的帶些紅色聞聞也是噴香因笑道這是好的硝粉一樣留着擦罷橫豎比外頭買的高就好彩雲只得收了趙姨娘便說有好的給你誰叫你要去了怎麼怨他們要你依我拿了去照臉摔給他去趁着這會子擡喪的擡喪去了挺床的挺床吵一出子大家別心淨也算是報報仇莫不成兩個月之後還找出這個渣兒來問你不成就問你你也有話說寶玉是哥哥不敢冲撞他罷了難道他屋裡的猫兒狗兒也不敢去問問賈環聽了便低了頭彩雲忙說這又是何苦來不管怎麼忍耐些罷了趙姨娘道你也別管橫豎與你無干趁着抓住了理罵那些浪娼婦們一頓也是好的又指賈環道呸你這

下流沒剛性的也只好受這些毛丫頭的氣平白我說你一句兒或無心中錯拿了一件東西給你你倒會扭頭暴筋瞪著眼撴摔我這會子被那起毛崽子耍弄倒就罷了你明日還想這些家裡人怕你呢你沒有什麼本事我也替你恨賈環聽了不免又愧又急又不敢去只摔手說道你這麼會說你又不敢去支使了我去鬧他們倘或往學裡告去我捱了打你敢自不疼遭遭兒調唆我去鬧出事來我捱了打罵你一般也低了頭這會子又調唆我和毛丫頭們去鬧你不怕三姐姐你敢去我就服你一句話戳了他娘的心便嚷道我腸子裡爬出來的我再怕了這屋裡越發有活頭兒了一面說一面拿了那包兒便飛

也似往園中去了彩雲死勸不住只得躲入別房賈環便也躲出儀門自去頑耍趙姨娘直進園子正是一頭火頂頭遇見藕官的乾娘夏婆子走來瞧見趙姨娘氣的眼紅面青的走來因問姨奶奶那裡去趙姨娘拍著手道你瞧瞧這屋裡連三日兩日進來唱戲的小粉頭們都三般兩樣掂八的分量放小菜兒了要是別的人我還不惱要叫這些小娼婦捉弄了還成了什麼了夏婆子聽了正中已懷忙問因什麼事趙姨娘遂將以粉作硝輕侮賈環之事說了一回夏婆子道我的奶奶你今日纔知道這算什麼事連昨日這個地方他們私自燒紙錢寶玉還攔在頭裡人家還沒拿進個什麼兒來就說使不得不干不淨

的東西忌諱這燒紙倒不忌諱你想一想這屋裡除了太太誰還大似你你自己掌不起但凡掌的起來誰還不怕你老人家如今我想趁這幾個小粉頭兒都不是正經貨就得罪他們也有限的快把這兩件事抓着理扎個筏子我帮着你作証見你老人家把威風也抖一抖以後也好爭别的就是奶奶姑娘們也不好為那起小粉頭子說你老人家的不是趙姨娘聽了這話越發有理便說燒紙的事我不知道你細細告訴我夏婆子便將前事一一的說了又說你只管說去倘或鬧起來還有我們帮着你呢趙姨娘聽了越發得了意仗着膽子便一逕到了怡紅院中可巧寶玉往黛玉那裡去了芳官正和襲人等吃飯見趙姨娘來了忙都起身讓姨奶奶吃飯什麼事情這麼忙趙姨娘也不荅話走上來便將粉照芳官臉上摔來手指着芳官罵道小娼婦養的你是我們家銀子錢買了來學戲的不過娼婦粉頭之流我家裡下三等奴才也比你高貴些你都會看人下菜碟兒寶玉要給東西你攔在頭裡莫不是要了你的了拿這個哄他你只當他不認得呢好不好他們是手足都是一樣的主子那裡有你小看他的芳官那裡禁得住這話一行哭一行便說沒了硝我纔把這個給了他要說沒了又怕不信難道這不是好的我就學戲也沒在外頭唱去我一個女孩兒家知道什麼粉頭麵頭的姨奶奶犯不着來罵我我又不是姨奶奶

家貫的。梅香拜把子。都是奴才罷咧。這是何苦來呢襲人忙拉他說休胡說趙姨娘氣的發怔便上來打了兩個耳刮子襲人等忙上來拉勸說姨奶奶不必和他小孩子一般見識等我們說他芳官捱了兩下打那裡肯依便打滾撒潑的哭鬧起來口內便說你打的着我麼你照照你那模樣兒再動手我叫你打了去也不用活着了撞在他懷內叫他打衆人一面勸一面拉晴雯悄拉襲人說不用管他們讓他們鬧去看怎麽開交如今亂爲王了什麽你也來打我也來打都這樣起來還了得呢外面跟趙姨娘來的一干人聽見如此心中各各趁愿都念佛說也有今日又有那一干懷怨的老婆子見打了芳官也都趁愿

當下藕官蕊官等正在一處頑湘雲的大花面葵官寶琴的荳官兩個聽見此信忙找着他兩個說芳官被人欺負咱們也沒趣兒須得大家破着大鬧一塲方爭的過氣來四人終是小孩子心性只顧他們情分上義憤便不顧別的一齊跑入怡紅院中荳官先就照着趙姨娘撞了一頭幾乎不曾將趙姨娘撞了一跤那三個也便擁上來放聲大哭手撕頭撞把個趙姨娘裹住晴雯等一面笑一面假意去拉急的襲人拉起這個又跑了那個口內只說你們要死啊有委屈只管好說這樣沒道理還了得了趙姨娘反沒了主意只好亂罵蕊官藕官兩個一邊一個抱住左右手葵官荳官前後頭頂住只說你打死我們四個

纔算芳官直挺挺躺在地下哭的死過去正沒開交誰知晴雯早遣春燕回了探春當下尤氏李紈探春三人帶着平兒與衆媳婦走來忙忙把四個喝住問起原故來趙姨娘氣的瞪著眼粗了筋一五一十說個不清尤李兩個不答言只喝禁他四人探春便嘆氣說道這是什麽大事姨娘太肯動氣了我正有一句話要請姨娘商議怪道丫頭們說不知在那裡原來在這裡生氣呢姨娘快同我來尤氏李紈都笑說請姨娘到廳上來咱們商量趙姨娘無法只得同他三人出來口內猶說長說短探春便說那些小丫頭子們原是頑意兒喜歡呢和他頑頑笑笑不喜歡可以不理他就是了他不好了如同猫兒狗兒抓咬了

一下子可恕就恕不恕時也只該叫管家媳婦們說給他去責罰何苦自不尊重大吆小喝也失了體統你瞧周姨娘怎麽沒人欺他他也不尋人去我勸姨娘且回房去煞煞氣兒別聽那謅瞎話的混賬人調唆惹人笑話自已獃白給人家做活心裡有二十分的氣也忍耐這幾天等太太回來自然料理一席話說得趙姨娘閉口無言只得回房去了這裡探春氣的和李紈尤氏說這麽大年紀行出來的事總不叫人敬服這是什麽意思也值的吵一吵並不留體統耳朵又軟心裡又沒有算計這又是那起沒臉面的奴才們調唆的作弄出個獃人替他們出氣越想越氣因命人查是誰調唆的媳婦們只得答應着出來

相視而笑都說是大海裡那裡撈針去只得將趙姨娘的人並園中人喚來盤詰都說不知道眾人也無法只得回探春一時難查慢慢的訪凡有口舌不妥的一總來回了責罰探春氣漸漸平服方罷可巧艾官便悄悄的回探春說都是夏媽素日和這芳官不對每每的造出些事來前日賴藕官燒紙幸虧是寶二爺自己應了他纔沒話今日我給姑娘送絹子去看見他和姨奶奶在一處說了半天嘁嘁喳喳的見了我來纔走開了探春聽了雖知情弊亦料定他們皆一黨本皆淘氣異常便只答應也不肯據此為證誰知夏婆的外孫女兒小蟬兒便是探春處當差的時常與房中丫鬟們買東西眾女孩兒都待他好這

日飯後探春正上廳理事翠墨在家看屋子因命小蟬出去叫小么兒買糕去小蟬便笑說我纔掃了個大院子腰腿生疼的你叫別的人去罷翠墨笑說我又叫誰去你趁早兒去我告訴你一句好話你到後門順路告訴你老娘防着些兒說着便將艾官告他老娘的話告訴了他小蟬聽說忙接了錢道這個小蹄子也要捉弄人等我告訴去說着便起身出來至後門邊只見廚房內此刻手閒之時都坐在臺堦上說閒話呢夏婆亦在其內小蟬便命一個婆子出去買糕他且一行罵一行說將方纔的話告訴了夏婆子夏婆子聽了又氣又怕便欲去找艾官問他又要往探春前去訴冤小蟬忙攔住說你老人家去怎麼

說呢這話怎麽知道的可又叨蹬不好了說給你老人家防着就是了那裡忙在一時兒正說着忽見芳官走來扒着院門笑向厨房中柳家媳婦說道柳嬸子寶二爺說了晚飯的素菜要一樣涼涼的酸酸的東西只不要擱上香油弄膩了柳家的笑道知道今兒怎麽又打發你來告訴這麽句要緊的話呢你不嫌腌臢進來逛逛芳官纔進來忽有一個婆子手裡托了一碟子糕來芳官戲說誰買的熱糕我先嚐一塊兒小蟬一手接了道這是人家買的你們還希罕這個柳家的見了忙笑道芳姑娘你愛吃這個我這裡有纔買下給你姐姐吃的他沒有吃還收在那裡乾乾淨淨沒動的說着便拿了一碟子出來遞給芳

官又說你等我替你燉口好茶來一面進去現通開火燉茶芳官便拿着那糕舉到小蟬臉上說誰希罕吃你那糕這個不是糕不成我不過說着頑罷了你給我磕頭我還不吃呢說着便把手內的糕掰了一塊扔著逗雀兒頑口內笑說道柳嬸子你別心疼我回來買二觔給你小蟬氣的怔怔的瞅着說道雷公老爺也有眼睛怎麽不打這作孽的人衆人都說道姑娘們罷喲天天見了就咕唧有幾個伶透的見他們拌起嘴來了又怕生事都拿起脚來各自走開當下小蟬也不敢十分說話一面咕噥着去了這裡柳家的見人散了忙出來和芳官說前日那話說了沒有芳官道說了等一兩天再提這事偏那趙不死的

又和我鬧了一塲前日那玫瑰露姐姐吃了沒有他到底可好些柳家的道可不都吃了他愛的什麽兒是的又不好合你再要芳官道不値什麽等我再要些來給他就是了原來柳家的有個女孩兒今年十六歲雖是廚役之女却生得人物與平襲鴛紫相類因他排行第五便叫他五兒只是素有弱疾故沒得差使近因柳家的見寶玉房中丫鬟差輕人多且又聞寶玉將來都要放他們故如今要送到那裡去應名正無路頭可巧這柳家的是梨香院的差使他最小意殷勤伏侍的芳官一干人比別的乾娘還好芳官等待他也極好如今便和芳官說了央及芳官去和寶玉說寶玉雖是依允只是近日病着又有事尚未得說前言少述且說當下芳官回至怡紅院中回復了寶玉這裡寶玉正爲趙姨娘吵鬧心中不悅說又不是不說又不是只等吵完了打聽着探春勸了他去後方又勸了芳官一陣因使他到廚房說話去今見他同來又說還要些玫瑰露給柳五兒吃去寶玉忙道有著呢我又不大吃你都給他吃去罷說着命襲人取出來見瓶中也不多了遂連瓶給了芳官芳官便自携了瓶與他去正値柳家的帶進他女兒來散悶在那邊犄角子上一帶地方逛了一回便回到廚房內正吃茶歇著呢見芳官拿了一個五寸來高的小玻璃瓶來迎亮照着裡面有半瓶胭脂一般的汁子還當是寶玉吃的西洋葡萄酒母女兩個忙說

快拿鏇子燙滾了水你且坐下芳官笑道就剩了這些連瓶子給你罷五兒聽說方知是玫瑰露忙接了又謝芳官因說道今日好些進來逛逛這後邊一帶沒有什麼意思不過是些大石頭大樹和房子後墻正經好景致也沒看見芳官道你為什麼不往前去柳家的道我沒叫他往前去姑娘們也不認得他倘有不對眼的人看見了又是一番口舌明日托你攜帶他有了房頭兒怕沒人帶着逛呢只怕逛膩了的日子還有呢芳官聽了笑道怕什麼有我呢柳家的忙道噯喲喲我的姑娘我們的頭皮兒薄比不得你們說着又倒了茶來芳官那裡吃這茶只漱了一口便走了柳家的說我這裡占着手呢丫頭送送五

兒便送出來因見無人又拉着芳官說道我的話到底說了沒有芳官笑道難道哄你不成我聽見屋裡正經還少兩個人的窩兒並沒補上一個是小紅的璉二奶奶要了去還沒給人來一個是墜兒的也沒補如今要你一個也不算過分皆因平兒每每和襲人說凡有動人動錢的事得挨的且挨一日如今三姑娘正要拿人作筏子呢連他屋裡的事都駁了兩三件如今正要尋我們屋裡的事沒尋着何苦來往網裡碰去倘或說些話駁了那時候老了倒難再回轉且等冷一冷兒老太太太太心閒了憑是天大的事先和老的兒一說沒有不成的五兒道雖如此說我却性兒急等不得了趁如今挑上了頭宗給我媽

爭口也不枉養我一場二宗我添了月錢家裡又從容些三宗我開開心只怕這病就好了就是請大夫吃藥也省了家裡的錢芳官說你的話我都知道了你只管放心說畢芳官自去了單表五兒回來和他娘深謝芳官之情他娘因說再不承望得了這些東西雖然是個尊貴物兒却是吃多了也動熱竟把這個倒些送個人去也是大情五兒問送誰他娘道送你姑舅哥哥一點兒他那熱病也想這些東西吃我倒半盞給他去五兒聽了半日沒言語隨他媽倒了半盞去將剩的連瓶便放在傢伙厨內五兒冷笑道依我說竟不給他也罷了倘或有人盤問起來倒又是一場是非他娘道那裡怕起這些來還了得我們

辛辛苦苦的裡頭賺些東西也是應當的難道是作賊偷的不成說着不聽一逕去了直至外邊他哥哥家中他侄兒正躺着一見這個他哥哥嫂子侄兒無不歡喜現從井上取了凉水吃了一碗心中一爽頭目清凉剩的半盞用紙蓋着放在桌上可巧又有家中幾個小厮和他侄兒素日相好的走來看他的病內中有一個叫做錢槐是趙姨娘之內侄他父母現在庫上管賬他本身又派跟賈環上學因他手頭寬裕尚未娶親素日看上柳家的五兒標緻一心和父母說了娶他為妻也曾央中保媒人再四求告柳家父母却也情願爭奈五兒執意不從雖未明言却已中止他父母未敢應允近日又想往園內去越

發將此事丟開只等三五年後放出時自向外邊擇婿了錢槐家中人見如此也就罷了爭奈錢槐不得五兒心中又氣又愧發恨定要弄取成配方了此愿今日也同人來看望柳氏的姪兒不期柳家的在內柳家的見一羣人來了內中有錢槐便推說不得閒起身走了他哥哥嫂子忙說姑媽怎麽不喝茶就走倒難爲姑媽記罣著柳家的因笑道只怕裏頭傳飯再閒了出來瞧姪兒罷他嫂子因向抽屜內取了一個紙包兒出來拿在手內送了柳家的出來至墻角邊遞與柳家的又笑道這是你哥哥昨日在門上該班兒誰知這五日的班兒一個外財沒發只有昨日有廣東的官兒來拜送了上頭兩小簍子茯苓霜餘

外給了門上人一簍作門禮你哥哥分了這些昨兒晚上我打開看了看怪俊雪白的說拿人奶和了每日早起吃一鍾最補人的沒人奶就用牛奶再不得就是滾白水也好我們想着正是外甥女兒吃得的上半天原打發小丫頭子送了家去他說鎖着門連外甥女兒也進去了本來我要瞧瞧他去給他帶了去的又想著主子們不在家各處嚴緊我又没什麽差使跑什麽況且這兩日風聞着裏頭家反作亂的倘或沾帶了到值多了姑媽來的正好親自帶去罷柳氏道了生受作別回來剛走到角門前只見一個小么兒笑道你老人家那裏去了裏頭三次兩輛叫人傳呢叫我們三四個人各處都找到了你老人家

從那裡來了這条路又不是家去的路我倒要疑心起來了那柳家的笑道好小猴兒崽子你也和我胡說起來了回来問你

要知端底下回分解

紅樓夢第六十回終

從那裡尋了這條路又不是我去的路我自要強心起來了那

柳湘蓮的來歷好小說見過于你也和我的說起來了回來問你

要知端底下回分解

紅樓夢第六十四回終